유리구슬은 썩지 않는다

유리구슬은 썩지 않는다

이정연 시집

한티재

차 례

3부 유족의 나라

1부 가만가만 빛난다

그물

나도 당신처럼
그물에 걸리지 않는
바람이 되고자 한 적 있었지요

우유부단한 연민을 안고 태어난 나는
자주 두리번거리고 그러다 발목 잡혀
먼 길은커녕 가까운 길도 까마득한데

온 세상을 다니면서
아무 것에도 붙잡히지 않는
당신의 자유로움이 부러웠습니다

움켜쥐려 할수록 스르르 빠져나가 버리는
보이지 않는 바람을 가늠하며 망연자실 서서
닮을 수 없는 것들을 닮고자 한 날들을 보내고
나는 바람이 아니라 그물임을 알았습니다

살아간다는 건

하나씩 하나씩 덜어내는 일

그리하여 바람의 길을 숭숭 터 주는 것

그것이 그물이 자유로울 수 있는 길

북돋우기

지어놓은 이랑에
어머니 고추모종을 심고
나는 고랑의 흙을 긁어
북을 돋운다

비실비실 넘어갈까봐
손으로 눌러가며
야물딱지게 하고 있는데

옆 고랑으로 올라오며
모종 심던 어머니
흙을 다지지 말고
슬쩍 덮어만 둬
그래야 뿌리가 스스로 자리잡아
넘어가지 않지

저를 위하는 건 줄 알고
꼭꼭 눌러가며

애를 쓴 것이
제 힘을 뺏는 것일 줄이야

반 넘어 심고서야 깨우친
북돋우는 법

멍

두들겨 맞은 후 몸 혹은 마음에 남은 흔적을 멍이라 한
다면
시퍼런 자욱이 너무 클 때는 한동안 나다니지 못하고
혼자 넋 놓고 가만히 있기도 해야 할 것인데

그럴 때 멍을
멍-하다고 발음하는 건
그만큼 시간이 필요하다는 말일 것이다

한 시절 잘 견뎌내고 나면
몸 혹은 마음 어딘가 멍이 아문 자리에 있던
딱지 떨어져 나가고 옹이구멍이 남기도 할 것인데

그 구멍을 드나드는 바람에는
전에는 보이지 않던 빛깔
들리지 않던 소리가 담겨 있기도 할 것이다

월식

늘 있어왔지만
오늘 밤 달을 만나
제 존재를 드러내는
지구의 그림자

지구는
제 궤도 밖을
벗어날 수 없는데
광대무변한 우주를 떠돌다
오늘 밤 가장 가까운 곳까지 왔으면서
잠시 안부만 전하고
손 흔들며 떠나려는

지구의 연인

실 전화기

아이 둘이
종이컵을 실로 연결해
지금 뭐 해?
전화 받고 있어
입에다 한 번
귀에다 한 번
종이컵을 갖다댄다

더 잘 들리게
말하고 싶은 아이가
자꾸 다가온다
실이 느슨해지면서
소리는 멀어지고
놀이는 시시해진다

너에게 가는 내 마음
지금 이 자리
팽팽한 이 자리에서

멈추어야 한다

가을 거미

그가 쳐놓은 거미줄
가을 아침 햇살에 반짝이며
내 발목을 붙잡는다
어떤 의도였을까
먹이가 걸려들기만 기다렸다고 하기엔
고스란히 맞고 있는 이슬이 차갑다
어쩌면 그는
자신의 거미줄에 맺힌 이슬에 햇살이 반짝이는
찬란한 그 순간이 보고 싶었던 건 아닐까
한 세상 아름답게 살았음을
찬바람 불기 전에
눈으로 확인하고 싶었던 건 아닐까
이 세상 많은 거미 중에
그런 거미도 있지 않을까

공유

막걸리 한 통만 달랑
사 본 적이 없어 몰랐는데
오늘 슈퍼에서 막걸리 한 통 사고
계산해 보니
천 원이다

천상병 시인이 좋아했다는 막걸리를
나도 좋아하게 되었다

막걸리 한 통이면 세상을
다 가질 수 있다는 걸
시인은 알고 있었겠지

이렇게 저렴하게
세상을 즐길 수 있는 비밀

나도 이제부터
품격있게 취하겠다

부부

감포 지나 읍천항 해파랑길
바닷가 언덕에 서 있는 두 소나무
한뼘 남짓한 거리에 서서
같은 하늘을 향해 가지를 펼치자면
팔이 얼마나 부대꼈을까
서로에게서 점점 멀어져 가다
그래도 정이 뭔지
다시 가까워지기도 하며 함께한 세월을
휘어진 줄기가 고스란히 보여 준다
구불구불한 곡선의 아름다움

읍천항 해파랑길에서 만난
두 그루 소나무처럼
옆으로 팔을 뻗쳐도
서로 다치지 않는 거리에서
닮은 모습으로 서 있는

밤하늘

지난 가을에 가신 아버지
노른자 같은 달이 되어
동산에 떠올랐다

우리 아버지뿐이랴
보고 싶지만 볼 수 없는 얼굴
달처럼 둥근 것
별처럼 반짝이는 것들
밤하늘에 다 모여서
지상에서 올려다보는
두 눈을 향해
울지 말아라
울지 말아라
가만가만 빛난다

콩나물무침 한 젓가락 집을 때

등 따가운 늦봄 햇살 아래 두둑을 짓고
한 구멍에 서너 알씩 콩알을 넣은 후
흙을 덮고 물을 주면 일 주일 후 싹이 난다
대궁이가 자라면 콩순지르기로 가지 수를 늘리고
보드라운 햇콩잎을 뜯어 물김치를 담가 먹으며
뜨물이 생기면 농약통을 짊어지고 약을 치고
잡풀 올라오면 고랑을 기어 다니며 김을 맨다
가을이면 노랗게 물든 콩잎 따와
차곡차곡 개 소금물에 삭혀두고
콩꼬투리 마르면 가위로 콩대를 자른다
가을볕에 바짝 말랐다 싶으면
어깨 빠지도록 작대기로 두드려
콩타작한 후 선풍기 켜놓고
한 바가지씩 쏟아부으며 검불을 날린다
한적한 밤에 돋보기 끼고 앉아
썩은 콩과 돌 골라내다 고단한 몸 누일 때면
아이고 허리야 소리가 절로 나왔을 것이다
농사철 끝나면 콩나물시루 씻어 콩을 안치고

댓가지로 덮은 후 검정 보자기를 씌운 다음
눈 뜨면 물을 주고 자다 깨 눈이 안 떠져도
바가지로 물을 퍼 시루에 붓는다
부지런히 물 주어 잔발 없는 콩나물을
쑥쑥 뽑아 한 올 한 올 다듬는다

우리 엄마 손끝에서
봄 여름 가을 겨울을 보내고
우리 집 냉장고까지 온 콩알 하나
콩나물무침이 돼 열 살짜리 딸아이 입으로
호로록 들어가고 있다

카톡 수다방

내일은 또 뭐 해 먹나
날은 덥고 애들은 방학이고
가지를 무쳐놔도 내만 묵고
호박을 볶아놔도 내만 묵고
엄마들의 고민은 매한가지

다음 날 아침
어설픈 주부 하나가
친정서 얻어 온 가지를 처리하려고
가지무침은 우예 한대요?
문자마자

가지를 반으로 갈라
끓는 물에 쩌서 쫙쫙 찢은 후
참기름이랑 국간장이랑 깨소금으로 간을 하면 끝 카톡
가지를 찌고 나서 물기를 꼭 짜 카톡
안 짜도 돼 카톡
청량고추 하나 다져 넣어 카톡

그러면 매워 카톡
마늘을 넣어 카톡
안 넣어야 가지맛이 나지 카톡

무쳐봐 봐야 내만 묵는
가지무침 한 움큼에
깨소금처럼 얹히는
카톡, 카톡 들

탯줄

철컥,
잠결에 현관문 닫히는 소리 들린다
다른 날 같으면 일어나지도 못할 시간에
집을 나서는 아이
새벽 네 시에 잠이 깼다며
내가 자는 방 문을 열었다 가고
여섯 시에 다시 와서
엄마, 두근두근거려서 잠이 안 와 하더니
벌써 집을 나서나 보다
힙합 페스티벌에 가려고
한 달 전부터 같이 갈 친구를 모으고
저녁에 시작되는 공연이지만
일찍 가 자리를 잡아야 한다고
토요일 아침 일곱 시부터
지하철역에 가 친구를 기다리고 있단다

십사 년 전 파티마 산부인과에서
저와 나 사이 연결돼 있던 탯줄을 잘랐지만

자유방임형 엄마인 나 역시
산부인과 가위로는 어쩌지 못하는
탯줄 한 가닥 움켜쥐고 있었구나
내가 바라는 내 아들의 모습에서
조금씩 벗어나는 모습이 낯설어 야단을 치면
맞받아 자기 할 말 다하는
여전히 나와 똑같은 이 아이가
엄마품보다 훨씬 넓어
나는 이제 가늠도 되지 않는
두근두근거리는 자신의 길을 따라
집을 나선다

철컥,
엄마는 절대 먼저 자르지 못하는
투명 탯줄을 자르고

큰누나

여름 아침
동네 카페에서 만난 네 여자
다들 맏이고 남동생이 하나란 걸
십 년 넘도록 이웃으로 살며 처음 알았다
자식 걱정보다 동생 걱정 더 많다고 하자
그러다 보면 아들 불러야 할 때
동생 이름 튀어나오기도 하잖아요
맞다, 맞아
다들 그랬구나

이혼서류에 도장 찍은 지
한 달이 채 안 되는
서른아홉 내 동생 얘기를 꺼내놓자
아직 삼십대잖아 그게 어디고
딸린 자식 없잖아 그게 어디고
아프지는 않잖아 그게 어디고
농사 열심히 짓잖아 그게 어디고

아침 댓바람부터
카페 말고 술집으로 갈 뻔했으나
여름방학이라고 와 계신 친정엄마 모시고
병원 다녀와야 한다는
교사 큰누나 때문에
다음을 기약하며
일단 헤어진다

딸만 낳다 귀하게 얻은
금쪽같은 아들들이여

거조암에서

초가을 이른 아침
새벽예불 끝낸 스님이 떠난 후
창 너머로 비춰드는 동살 속에 앉아
한가로이 담소나누던 오백나한상들
갑자기 스며든 침입자에 놀라
입 다무신 동안
한 번 한 번 백팔 번 절을 하며
꺼내놓을 것 다 꺼내놓고
가벼운 마음으로 고개를 드니
은은한 분홍 노랑 연두 다홍
천장 가득 피어 있는 종이연등

나 저기 표나지 않는
연등 하나로 슬그머니 끼어
지금 내가 있는 이 자리로 오는
뭇사람들의 서글픈 바람에 귀 기울이며
먼지가 내려앉도록 머물고 싶은데

절문을 나오며 돌아보니

영산전 기와 지붕 너머

드넓은 하늘연등

봉정사 영산암에 앉아서

얼굴이 말간 비구니
동주 스님이
유리알처럼 가꾸시던 영산암
바깥마당 빨랫줄에 걸린
장삼 자락을 스쳐 가는 가을바람처럼
그 바람에 같이 흔들리는
구절초의 몸짓과 내음처럼
아무렇지 않은 눈빛과 말투로
괜찮다고
다 잘 흘러가고 있다고
고개 끄덕여 보이지만

석달열흘에 하루쯤은
누군가 내 곁에 앉아
나의 이야기를 귀 기울여
들어주었으면 싶은데
남에게 바랄 수 없으니
바람이 그러하듯

들꽃이 그러하듯

손등으로 눈물을 닦아내고

가만히 나를 안아주는 밤이 있다

소망등
진주남강유등축제에서

진주교와 천수교 사이
진주성과 촉석루를 배경으로
남강 가득 등들이 떠 있고
강둑에는 끝없이 이어진 소망등

소망등 터널 속을 걷다 보면
진주라는 아름다운 이름을 가진 고장 사람들에게도
삶은 고해와 같아서
다문화가정의 소망도 등으로 달리고
각급학교 미술수행평가 점수도 등으로 달린다

밤이 되자 저마다의 소망에 불이 들어와
은은한 창호지 빛을 발하는데
그중 몇몇 소망들은 기어이 참지 못하고
북적이는 인파를 피해
컴컴한 들판으로 가
목놓아 울다 오기도 하는 것이다

삶의 길목에서 만나는 아름다운 것들이란
놓을 수 없는 소망에 밝힌 불빛과 같아서
진주 남강가 소망등 터널에
눈물방울들 그렁그렁 매달려 있다

연꽃

내가 만약 꽃이라면
연잎 사이로 얼굴 내민
연꽃이고 싶네

바람이 불면
한없는 그리움으로
그대에게 가기 위해
무수한 연잎들 뒤척이겠지만

나는 아주 조금만 흔들리겠네
연못가에 서 있는 그대도
신발을 벗고
뻘밭을 들어오진 못하리

내가 만약 꽃이라면
그대와 나의 설렘을
곱게 지켜낸
연꽃으로 피었다가

\>

여름내 나를 찾아온
발걸음 소리를 안고
어느 가을 이른 아침
물 속으로 돌아가겠네

영남소리사 1

영천교로 이어져
한때는 이곳도 꽤 잘나가는 길목이었으나
그것도 벌써 한 세대 전
그 어디쯤 영남소리사
신호에 걸려 서 있을 때마다
궁금증을 불러 일으키는 이름, 소리사
소리가 나는 것들을 파는 가게일까
소리가 나도록 고쳐주는 가게일까

언젠가 나 꼭 저기 들어가
괜히 쓸데없는 거
이것저것 물어볼 거다
가게만큼이나 오래 되었을
이런저런 것들 만져보며
사물이 내게 해 주는 이야기에
귀 기울일 것이다
그러다 보면 그 옆 가게인
독일스타보청기 대리점처럼

귀가 더 잘 들리게 될지도

가만히 낡아가는 영남소리사와
그 앞에 일없이 서 있는 빨간 우체통
그리고 독일스타보청기
셋이 이렇게 나란한 건
지직거리는 소음 없이 마음을 나누고픈
오래된 바람 아닐까

영남소리사 2

무슨 일이냐고 물으면 대답할 말도 없이
문을 열고 그곳에 들어선 어느 날
난로 위 은박호일엔 가래떡이 익어가고
놀러온 이웃 가게 아저씨와
트로트 감상 중인 주인아저씨
눈이 마주쳤을 때
소리사가 뭐하는 곳인지 궁금해서
꼭 한 번 들어와 보고 싶었다고 하자
기꺼이 둘러보게 해 주신다

젊은 시절 노래소리에 빠져 이 일을 시작한 지
어언 사십 년, 이제는 밥벌이도 되지 않아
가게문만 열어놓고 전기 공사를 다닌다는 주인아저씨는
알고 보니 내가 나온 시골 초등학교 선배님이어서
이미 이 세상 사람이 아닌 우리 아버지나
놀기 좋아했던 오촌아재들까지 알고 계신다

가만히 낡아가는 영남소리사,

바닥부터 천장까지 빽빽한 라디오와 텔레비전
켜켜이 쌓인 이야기들 중 하나가
먼지를 툭툭 털며 걸어 나와서는
자신의 이야기에 귀 기울여준 대가로
레코드판 하나를 꺼낸다
중고로 이 공간에 들어온 이래
한 번도 소리내 본 적 없을 오래된 사물 하나에서
모차르트 클라리넷 협주곡이 울려 퍼진다

고창 청보리밭에서

당신이 나를 어찌 생각할지
그건 당신의 일

나는 여기까지 와서
당신에 대한 내 마음만 생각합니다

봄바람에 일렁이는
저 순한 청보리밭 같기를

2부 하늘 학교에서 나는

뿌리 내리기

월요일에 전학 와
전학 온 지 이틀 만에
가출하고 이틀을 떠돌다
학교에 온 금요일 아침
고개를 들지 못하고
간간이 기침을 한다

태어난 곳은 이북
중국과 라오스를 거칠 동안
엄마는 중국에서 잡혀
북송돼 사망했고
함께 온 외할머니와
대구에 정착했다

살아온 세월의 반을
대한민국에서 보냈으나
아직 뿌리 내리지 못한
열네 살 소녀가

우리 교실에 돌아와
책상에 얼굴을 묻고
엎드려 있다

해맑은 열네 살들이
많이 아파? 걱정하고
같이 해, 함께 모둠활동하며
팔짱 끼고 급식 먹으러 간다

짐작조차 되지 않는
먼 길을 돌아
여기까지 날아온
씨앗 하나

실핏줄처럼 여린 뿌리
우리 교실에 내리고
열네 살 뿌리들과
끈끈하게 뒤엉키기를

돌아와라

전학 온 지 한 달이 안 됐는데 세 번째 가출을 하고
부모한테 붙잡혀 온 아이
이 학교는 재미없다고
다니던 학교로 보내달란다
전학 온 첫날 아프다고 조퇴한 후
새로 사귄 친구랑 담배 한 대 나눠 폈는데
어느새 학생부 선생 귀에 들어가 선도위원회 열자는
믿을 놈 하나 없고 봐주는 것도 없는
답답한 학교란다

저는 살아보지 못했으나
나는 살아본 세월에서 얻은
이런 저런 인생의 교훈들은
오토바이 타고 배달하거나
고깃집에서 알바하면
어떻게든 살아갈 수 있는 것도 모르는
한심한 선생의 잔소리가 되어
한 귀로 들어갔다 다른 귀로 나가버리고

살던 동네 형들과 모닥불 피워놓고 둘러앉아
술 마시고 담배 피던 간밤의 일을
되새김질한다

영혼은 그 동네 두고 몸만 잡혀와
마주 앉은 아이와 나 사이에
황하보다 넓은 강이 흐르고
저편 강 언덕에 가 닿지 않을 말을
속으로만 하며 앉아 있다
그만 가보라 하면
훨훨 날아가 버릴까 봐
가라 하지 못하고
멀뚱멀뚱

밝은 달

열여섯 명월이
처음으로 한글을 배운다
전교과 성적이 A였던 명월이
중국에서 온 동포인 줄 모르고
니는 여드름도 모르나
가정선생님 한 마디에
와르르 설움이 터졌던 3월
국어기초반 수업을 듣고
독서 동아리에 들어
그림책도 열심히 읽는다
여름방학 며칠 전
선생님, 하얼빈은 지금 13℃래요
휴대폰 바탕화면을 보여주고는
생애 첫 더위에 혀를 내두른다
더위의 기록을 새로 써가고 있는
이천십팔년의 여름을
에어컨도 없는 전셋집에서
어떻게 견디나 전화를 하니

일찍 일어나 영어 단어를 외우고 있다
오 년 후에는 미국에 공부하러 갈 거라고
돈 벌러 한국 나와 있는 부모님 도움 없어도
중국에서 의대 다니는 언니 도움 없어도
혼자 알바해서 공부할 수 있다고
아침부터 영어 단어를 외우고 있다
하얼빈은 요즘 몇 도인지 물으니
볼 때마다 마음이 안 좋아서
하얼빈 날씨는 지워버렸다며
괜찮아요, 어디에서나 살 수 있어요
씩씩하게 대답하는 명월이
선생님도 방학 잘 보내고 계세요?
물을 줄도 아는 명월이
사명대사 냉각진법을 배웠나
대구의 가마솥 안에서도
고드름처럼 싱싱하게 자라고 있는
우리의 동포

태양이 하는 일

내가 태양이란다
가는 학교마다 교장과 맞지 않아
시키는 대로 하지도 못하고
못 하겠다 덤비지도 못하는 게
답답해 찾아간 철학관에서
내 사주가 태양이란다
어두운 곳을 밝게 해주고
추운 곳을 따뜻하게 해주고
뭇 생명을 자라게 해주는 태양은
아무것도 돌려받을 수 없으니
선생이 딱이란다

일찍이
나그네의 외투를 벗기는 것도
태양이었다
거센 바람이나
차가운 눈보라가 아니라
따뜻한 태양이

꽁꽁 여민 나그네 외투를 벗기듯
한 일 년 애면글면
볕을 내려 쪼이다 보면
잘 익은 홍시처럼
마침내 보들보들해지는
나의 나그네들

내 노동의 대상인
나그네들아,
일 년 이 년 지나면
어김없이 떠나는 너희들도
저마다의 노동으로
햇살 한 조각 담긴 생산물을 만들어
이 누더기 같은 세상 한구석을
초롱처럼 밝혀다오

운동장 수업

볕 좋은 시월
아이들 데리고
운동장 나왔다

인조 잔디
푸르게 깔린
우리 학교 운동장
앉아서 읽고
엎드려서 읽고
누워서 읽는다
잠이 오면
트랙을 걸으며
등장인물의
마음을 읽는다

살갗에 머물다 가는 바람과 새소리
가을볕 속에 든 평화
교실엔 없는

부록까지 놓치지 않고

다 읽어 버리는

운동장 수업

지렁이 형님

수업 시간에 아이들과
지렁이에 관한 글을 읽었다
지렁이는 하찮고 징그럽기만한 동물일까?
아니다
지렁이가 움직여 땅 속에 공기길을 만들면 식물이 잘 자
라고
지렁이가 흙을 먹고 누는 똥은 땅을 기름지게 한다
그리고 슬프지만, 다른 동물의 먹이가 되어 생태계를 유
지시킨다
우리는 글을 읽고
지구가 보면
지렁이보다 우리가 더 나쁜데
지렁이를 하찮게 보면 안 된다는 것에 동의하고
이제부터 지렁이를 형님으로 모시기로 했다

열다섯 봄꽃들을 응원함

까르르 까르르
벚꽃 피는 새 학기
중학교 이학년 여학생들 사이에
재편성의 눈치게임이 벌어지고
밀린 봉오리 하나
화장실에 숨어
눈물을 닦는다

스치기만 해도
생채기가 생기는 꽃잎들
교실이라는 사각 링에서
은밀하게 치고받으며
관계의 맷집을 키운다

무더기로 피는 꽃일지라도
안간힘 없이 피는
단 한 송이가 없었구나

괄호 밖

선생으로 산 지
십 년이 훌쩍 넘어
이런 아이 저런 아이 숱하게 보고
나도 두 아이의 엄마가 되었지만
선생으로 살자니
뚜껑 열리는 때가 있다

나의 진심과 저의 진심이
통하지 않는 것은 아니지만
저의 행동이 따라주지 않을 때
너그럽지 못한 선생이
최후통첩으로 내뱉는 말

나도 이제 니를 괄호 밖으로 생각하까

제아무리 꼴통이라도
머뭇거리지 않는 아이는 없다
차라리 그냥 때려달라고 한다

\>

도대체 그 괄호가 뭐라고
저도 말과 행동이 일치하지 않는 선생인 주제에
그런 선생의 괄호 안에라도 들어 있으려고
제 귀한 몸을 내놓겠다는 것이냐

미리 찍는 졸업 사진

배경이 초록일 때 사진이 잘 나온다고
세탁소 맡겼던 동복을 찾아 입고
오월 교정에서 졸업 사진을 찍는다
집에서 가까운 초등학교 중학교
동네 친구들과 함께 다닌 시간이 흘러

아직은 삼학년 일학기
새 학년의 추억도 아쉬움도 그다지 없는
민숭맨숭한 얼굴로
카메라 앞에 서지만
평생 다시 볼 일 몇 번 없는
이 한 장의 사진 속에
우리들의 오늘이 담긴다는 걸 알까
한 어미한테서 툭 떨어진 순간부터
사방팔방 흩어진 새끼거미들처럼
성적에 맞춰 고등학교 가고
저마다 다른 길을 한참 가고서야
그때 참 좋았지, 알게 되겠지

\>

아직은 모르는 것이 더 많아
싱그러운 너희들
자, 여기를 보세요
하나, 둘, 셋
찰칵

8월

애들아뭐해?
너희들없으니까
너무조용하고
너무심심하다
날씨가더우니까
축구하는애들도없고
소프트볼부도안나오네
나혼자땡볕에푹푹쩌
얼른여름방학끝나서
다시만나자
나한테와서
뛰고구르고깔깔대고
드러누워책도읽으렴
난너희를기다리는
신기중학교운동장이야

무논의 개구리 울음소리도 한철이건만
한 생을 푸른 생명들의 와자지껄 속에 살아갈 운명

아무 일도 일어나지 않는 한 달의 고요을 참지 못해
너희를 부른다

먼저 인간이 되어라

먼저 인간이 되어라

요즘도 이렇게 말하는 엄마가 있을까
구십 점이 넘었는데도 왜 백 점 못 맞았냐고
어쩌다 백 점 맞으면 너희 반에 백 점 몇 명이냐고
닦달하는 엄마의 욕심만큼
영어 수학 평균이 자꾸 올라가서
어떤 점수로도 안심이 안 되는 엄마는
투명펜으로 적힌 너희들의 행복 점수가
얼마나 형편없는지 읽어내지 못하기에
점수가 뭐 중요하냐
먼저 인간이 되어야지
말하지 못한다

먼저 인간이 되어라

아직도 이렇게 가르치는 학교가 있을까
어젯밤에도 열 시까지 영어 학원 갔다 왔는데

오늘 가야 하는 수학 학원 숙제를 딜해서
아침 자습시간부터 문제집에 코를 박고 있는
너는 겨우 열다섯
가을 아침 공기가 어떤 건지도 모르고
중간고사 영어 점수가 나오는 대로
다시 B반으로 떨어질까 마음 졸이는 너에게
점수가 뭐 중요하냐
먼저 인간이 되어야지
가르칠 수 있을까

엄마의 엄마로부터 물려받은 말
선생님의 선생님으로부터 물려받은 말
언제 어디서 흘렸는지 모르게 잃어버려서
먼저 인간이 되어야 할 것 같은
따뜻한 인간의 사명조차 잃어버리고
푸석푸석한 어깨를 부딪치며
살아가고 있다

하늘 학교에서 나는

나는 물었다
나라면 어떻게 했을까
나한테 묻다 확신이 안 생겨
다른 선생들한테도 물었다
2014년 4월 16일
병풍도 옆을 지나는 세월호에 탄 인솔교사였다면
어떻게 했을까

우리는 대체로 돌아오지 못했을 것이다
대구에 사는 우리는
배에 대해서도 바다에 대해서도
아는 게 없어서
시키는 대로 그냥
가만히 있으라고 했을 것이다
아이들이 겁을 먹고 우왕좌왕 할까봐
괜찮아, 얘들아
헬기 소리 들리지?
구명조끼 입고 가만히 있으면

한 사람씩 구해 줄 거야
그러고 있었을 것이다
돌아가면 우리가 겪은
파란만장한 수학여행 이야기
사람들한테 들려주자
너스레를 떨었을지도 모른다
얘들아, 사실은 나도 무서워
이런 솔직한 말은 절대 못했을 것이다
괜찮아, 조금만 더 기다리자
안심만 시켰을 것이다

그러다 마지막이 다가왔을 때
미안해, 얘들아
내가 잘못했어
사과하고 용서를 빌 여유가 있었을까
선생님, 왜 그랬어요
선생님 때문에 이렇게 됐잖아요
아이들은 나를 원망했을까

괜찮아요, 선생님
선생님도 우리랑 같이 있잖아요
저희가 오히려 나를 위로하지는 않았을까
그 마지막 순간에
엄마 아빠를 부르는
아이들의 절규 속에서
나도 이제 두 번 다시 볼 수 없을
내 자식들의 얼굴을 떠올리며
함께 하늘나라로 가지 않았을까

하늘에도 교실이 있을까
그 교실에서 나는
아이들 앞에 서는
선생일 수는 없겠지
만약 하늘에도 교실이 있고 학교가 있다면
나는 하늘 학교 창고에 있다가
주사님이 교실 형광등 갈아 끼우실 때나
교정의 살구나무 가지치기 할 때

이따금 나와 어깨를 빌려주며
아이들을 볼 수 있는
사다리 하나쯤으로 살고 있겠지

이 엄청난 수업 자료

그때 네가 말했지
선생님, 돈만 있으면 돼요
돈만 많으면 뭐든 다 할 수 있어요
아직 중학교 일학년밖에 안 된 네가
삼십대 중반의 나에게
선생님은 세상을 잘 모른다는 듯
생글생글 웃으며 말했지
답답한 선생이었던 나는
더 답답한 학교를 견디기가 힘들어
한 해 휴직하고 학교 밖 세상을 구경한 후
중학교 삼학년이 된 너를 다시 만났어
휴직한 동안 만난 사람들 얘기를 하며
돈이 많다고 더 행복한 건 아니더라고 말해도
그런데 선생님, 돈이 없으면 아예 행복할 수가 없어요
그러니 우선 공부를 열심히 해서
돈을 많이 벌어야 해요
고개를 흔들며 대답하고 졸업해 버렸지
그래, 그럴지도 몰라

철밥통 정규직인 내가
교실에서 한 분단도 정규직이 되기 힘든 너희들에게
미래를 위해 살지 말고 현재를 즐겨라
돈이 인생의 전부는 아니다
이런 말을 하기가 점점 더 부끄러워지는데

2014년 4월 16일,
너희들이 두말 않고 수긍할 딱 맞는 수업 자료를 만났다
목숨보다 돈이 더 중한 괴물들이 일으킨 사고로
기사문과 건의문과 온갖 동영상들이 산처럼 쌓여가
는데
제대로 가르치지 못하고 졸업시킨 모든 너를 불러모아
이것 봐라 이제는 이해하겠느냐고 힘주어 말하고 싶
지만
시와 수필을 읽는 시간마다 글쓴이의 마음은 어땠을지
그 마음에 공감해 보라고 했던 나는
가만히 공감을 한 네가,
공감하면 뭐해요

공감 잘하는 선생님은 뭐했어요 되물을 때
뭐라고 대답을 해야 할까

불신

문제를 다 풀고도 남아도는 시간
서른한 개의 무료함들이
저마다의 자리에
멍하니 앉아 있고
교실 앞과 뒤
감독교사, 학부모 감독
무료함 두 개가
서 있다

눈빛이 마주치지도
마음을 나누지도 못한 채
점점 더 탁해지는 공간 속에서
입 다물고 눈 다문 시간들이
아지랑이처럼 나른하게 피어오르는 사이
교육과정에 없어 과목코드도 없지만
저절로 배우는 과목

진공의 교실

인생의 칠분의 일인 월요일이
어김없이 또 돌아왔는데
돌아오지 못한 아이들 대신
가방도 매지 못한 국화꽃들이
걸어 들어온다
마지막 국화꽃이 뒷문을 닫고
제자리 찾아 앉자
교탁 위에서 기다리던 출석부
돌아오지 못한 선생님 대신
출석을 부른다

입 없는 국화꽃들
대답 대신
하염없이
눈물
흘리고 있는
이곳은
숨을

쉴 수 없는
진공의 바다

3부 유족의 나라

우리가 만든 세상

우리는 왜 먼 곳의 학살만 기억하는가
아우슈비츠라는 말만 들어도
가스실 굴뚝에서 나오는 연기 냄새가 나는 것 같고
몸부림치며 벽을 긁은 손톱자국이 보이는 듯한데
경대병원으로 병문안 가던 삼덕동 어느 골목이나
여름 원피스 사러 현대백화점 가던 반월당 어디쯤에서
1946년 10월, 쌀을 달라 친일경찰 처단하라고 외치던
군중의 무리 속 누군가와 내 발자국이 똑같이 포개졌을
지 모르고
그 발자국의 주인이 멀지도 않은 가창골에서 학살되어
가창댐 아름다운 수변공원 아래 수장되어 있는데
우리는 왜 먼 곳의 학살만 기억하는가

우리는 왜 남이 저지른 만행만 기억하는가
땅과 쌀과 밥그릇을 빼앗고
아비와 아들과 딸을 빼앗고
이름과 글과 생각을 빼앗고
한용운과 이육사와 윤동주를 빼앗은

일본 제국주의의 만행은 기억하면서
1950년 여름, 한 번에 서른 명씩 하루에 열 번
한 달 동안이나 쓰리쿼타에 실어간 사람들
해방 후 필요 없어진 무기 재료 코발트 광산을 다시 열어
수직굴이 가득 차도록 집어넣고 봉한 후
육십 년이 넘도록 모른 척하고 있으면서
우리는 왜 남이 저지른 만행만 기억하는가

고개를 들고 보라,
먼 곳의 학살만 기억하고
남이 저지른 만행만 기억하는
우리가 만든 2014년을,
어느 한 군데 마음 놓고 숨쉴 수 있는
맑은 공기가 있는지를

유족의 나라 1

한국전쟁 나던 해 여름 아비를 잃고
빨갱이 자식이라 손가락질 받으며 혹은 받을까 쉬쉬하여
제 아비가 어떤 일을 한 사람인지도 모른 채
아비 없는 자식으로 혹은 어미조차 떠나버린 고아로
제대로 배우지도 먹지도 못하고 천덕꾸러기로 살아온
세월
어찌어찌 역사를 알고 아비의 억울함을 알고
10월항쟁유족회란 이름으로 모여
어느 날 어느 곳에서 학살되었는지 모를 아비를 위해
같은 날 같은 곳에서 위령제를 지내온 지도 여섯 해
더 똑똑하고 더 용감했던 우리의 아비를 죽인 국가로부터
한 번도 미안하다는 말을 들어본 적 없는
이제는 적어도 예순네 살이 넘은 유족회 회원들이
대구백화점 앞 세월호 특별법 제정 촉구 집회장에
오누이처럼 쪼로롬히 앉아서
수사권 기소권 있는 특별법을 제정하라고 외치며
세월호 유가족의 아픔을 나누는 나라

지층처럼

세대별로 유족이 쌓이는 나라에서

어루만져 풀어주지 않은 응어리들

화석으로 박혀

대대손손 전해진다

하얀 민들레

사람 진 자리
꽃이 폈다

무덤 없는 영혼의
봉분이 돼주려

문경 석달 마을에도
혼전만전이다

사람 진 자리
피는 꽃

유족의 나라 2
국민의 예?

버스 대절해 전국에서 올라온
한국전쟁전후 민간인 희생자 유족들이
진실규명과 명예회복을 위한
특별법을 제정해 달라고
대한민국 입법기관 국회에 모였다

총회를 시작하기 전에 먼저
국민의례가 있겠습니다
국기에 대하여 경례!
예순여섯 해의 한숨으로 쪼그라들었을
저마다의 심장에 일제히 손을 얹고
충성을 다할 것을 굳게 다짐한 후

이어서 애국가 제창이 있겠습니다!

동해물과 백두산이 마르고 닳도록
법 없이 끌려가 즉결처형 당한 아비의 불명예,
영문 모를 때부터 연좌제란 법에 묶여

옴짝달싹할 수 없었던 인생의 삼분의 이
이제라도 법으로 풀어달라고
하느님이 보우하사 우리나라 만세
호로자식이라 놀림 받던 어린 시절
빨갱이라 손가락질 당할까
더 열심히 더 힘차게 불렀던
무궁화 삼천리 화려강산
방방곡곡에서 올라온 설움들이
한 소절 한 소절 소리가 되어
국회의원 회관을 묵직하게 채우며
대한사람 대한으로 길이 보전하세

어미한테 야단 맞고 울다가도
눈물을 훔치며 다시
어미의 치마폭으로 파고드는
어린아이처럼
국가란 것으로부터
보호란 걸 받아 보고픈

유족들의 애국가 제창

나비 집

지은아, 잘 있지?

벌써 십육 년이 흘렀구나. 그날 너는 왜 하필 불이 난 줄 모르고 중앙로역에 진입한 1080호 지하철을 탔을까. 네가 다니던 임용 고사 학원은 왜 하필 중앙로역 근처였을까. 일이 바빠 졸업식 한번 못 간 것도 후회되고 사랑하면서도 사랑한다는 말 한 번 하지 못한 것도 후회돼.

시집갈 때 주려고 옹알이할 때부터 녹음해 둔 네 목소리 듣고 또 들어. 네가 다 썼다고 버린 일기장들 내가 모아 놓고 있었어. 그 일기장들 엮어 네 이름으로 책도 냈어.

어느 비 오는 해 질 녘, 비를 맞고 날아가는 나비를 보고 네가 말했잖아. 아빠 나비 집을 지어요. 나비 집이 어떻게 생겼는지 몰랐던 나는, 그래 꽃밭을 만들자 얼버무렸지.

나는 이제야 나비 집을 짓고 있어. 나비가 쉴 수 있는 나비 집, 나비가 된 네가 쉴 수 있는 나비 집. 이 요지경 같은 세상에 나비 집을 지으려 해. 더는 너처럼 놓쳐서는 안 되는 사람들이 깃들 나비 집. 자꾸 허물어지지만 그래도 다시 시작해. 번듯한 나비 집을 지을 때까지.

보고 싶다, 지은아. 아직도 매일 너를 생각해. 자랑스러운 아빠가 되려고 오늘도 나비 집을 짓고 있어.

지은아, 보고 있지?

청도 삼평리에 사는 시지프스

장승을 세운다
탈핵탈송전탑 장승
생명평화평등 장승
3월에 세운 장승을
7월에 뽑히고
8월에 다시 세운다

시지프스,
신들을 우습게 여긴 죄로
영원히 굴러 떨어지는 바위를
언덕 위로 밀어올리는
시지프스의 진짜 죄목은
소를 훔친 헤르메스, 요정을 범한 제우스
신들의 비밀을 세상에 알린 것
인간 중에 가장 지혜로운 인간
인간 중에 가장 용감한 인간
시지프스는
저마다에게 주어진 오늘 하루를

영원히 밀어올리는 것이
인간의 비밀임을 알고

장승을 세워도
장승을 뽑혀도
송전탑이 들어서도
핵발전소 전기가 지나가도
주저앉지 않고 힘을 내
세상으로 굴러떨어질 바위 하나
온 힘으로 막고 있다

원형선회의 나라

미국의 자연학자 윌리엄 비브는
남미 가이아나 정글에서
묘한 광경을 목격했다
한 무리의 병정개미들이
사백 미터나 되는 큰 원을 그리며
끝없이 움직이고 있었다
한 번 회전하는 데 두시간 삼십분,
앞선 자를 따르라는 개미 세계의 진리만 믿고
길을 잘못 든 앞 개미가 남긴 페로몬을 따라
이틀 동안 쉬지 않고 돌고 또 돌다
대부분 지쳐 죽고 말았다

이것을 원형선회라고 한다

대한민국이란 정글 청도 삼평리에서
길을 잘못 든 병정개미들 목격했다
한 시간 서 있다 한 시간 쉬러 갈 때
앞 개미가 뛰면 뛰고 서면 서야 하는 개미들 중에

고개를 들고 다른 길을 살폈다 날아오는 몽둥이를 맞고
앞 개미를 쫓아가는 병정개미 한 마리
상관의 명령을 따르라는 말을 진리처럼 믿고
앞만 보며 부지런히 공무수행 중인
젊은 병정개미들

그 길의 끝이 어딘지 모른 채 부지런히 쫓아만 가는

유족의 나라 3
여옥의 노래

나는 빨갱이의 딸
빨갱이가 뭔지도 모를 때부터
빨갱이의 딸이었고
빨갱이 딸이라서
빨갱이란 말은 입에 올릴 수 없었다

너는 국가란 이름으로
나의 입에 혀를 밀어넣었다
얼굴도 모르는 내 아비가
어떤 나쁜 빨갱이 짓을 했는지
말해 주는 이가 없어서
빨갱이의 딸이라는 이유로
함부로 들이미는 너의 혀를
물어 잘라버리지 못했다
내 입으로 스멀스멀 들어오던
국가의 혓바닥이 생애에 박혀서
같이 미국으로 가자던 남자를 따라
이 땅을 떠나지도 못하고

키스 한 번 하지 못한 채
일흔이 되었다

잠 안 오는 깊은 밤
여옥의 노래를 부른다
빨갱이 마누라로 살다 간
어미에게 물려 받은 노래
죽지 않고 살아 있으면
언젠가는 알아줄 것이라던
어미의 세월과 나의 세월이
소주잔에 고인다
미군정 때 일어난 일
아직도 해결이 안 되는데
언젠가는 알아줄 것이라던
그 언젠가는
다음 생으로 넘겨야 하나

유족의 나라 4

미투가 부러워요

우리는 웃을 줄을 몰라요
어릴 때부터 웃는 모습을 못 보고 자라
어떻게 웃는 줄을 몰라요

여름이면 매일같이 형사들이 와서
살평상에 드러누워 있었어요
이북으로 넘어간 간첩이 언제 올지 모른다고
동네에 소문을 내 놓으니
아무도 우리 집을 들여다 볼 수 없었어요

엄마는 경찰서에 노다지 불려다녔는데
호출이 떨어지면 반미치광이가 됐어요
허겁지겁 헌 무명옷을 꺼내입고
머리를 풀어헤치고
솥밑에 숯검뎅을 얼굴에 묻혔어요
여학교도 나온 사람이었지만
경찰한테 하도 시달려서
평생 경찰서 앞을 못 지나갔어요

엄마는 계속 담배를 폈어요
앞집 옆집 아무 엄마도 안 피는 담배를
왜 피느냐 물으니 편도선 약이라고 해
나도 목 아플 때 담배를 달라했지요

우리 얘기는 할 수가 없었어요
들어주는 사람까지 죄인으로 만들어버리니까
아무한테도 털어놓을 수가 없었어요
요새 그 미투란 거 있잖아요
미투가 부러워요

스물셋에 혼자가 된 우리 엄마
웃는 걸 한 번도 못 봤어요
우리는 웃을 줄을 몰라요
평생을 그렇게 살았어요

동백꽃 보러 가자

그 겨울에 나는
봄이 두려웠네
봄이 와서
골목길 담벼락 밑이나
봄들판 아무 곳에서
개불알풀꽃
파랗고 앙증맞은 얼굴과
눈이 딱 마주쳤는데도
마음속 봄등불이 확
켜지지 않으면 어쩌지
오지 않은 봄을
미리 겁내고 있었지

다시 겨울,
넘을 수 없을 것 같던
절망의 산도
하나 둘 쌓인
돌탑일 뿐이어서

한꺼번에 와르르
무너져 내리고
겨울 아스팔트 위에
꽃들이 만발했다

저마다 홀로 울다
이를 악문 적 있는
촛불꽃들아,
내 옆에 와서
함께 피고 있는
사람꽃들아,

봄을 맞이하러 가자
동백꽃 보러 가자
붉게 아름다울
동백꽃 사람들아

소성리 언니야들

여기는 성주군 초전면 소성리
마른 하늘에 날벼락처럼 사드가 떨어진 곳
내 손으로 뽑은 나랏님은 성산포대가 최적지라며 성주
를 버리더니
성주군수란 작자는 성산포대 말고 제3부지라며 초전면
을 내주고
초전면장이란 이는 소성리만 쏙 빼고 저거들끼리 모여
윷놀이 대회하고 태극기 펼쳐 든 채 기념촬영 했단다
버려지고 버려지고 버려진 변방

제 두 손과 두 발을 부지런히 놀리지 않으면
아무 것도 이뤄지지 않는 세월을
적게는 육십 년 많게는 구십 년간 살아온
순분 씨, 금연 씨, 규란 씨, 춘자 씨, 경선 씨, 의선 씨...
삐걱거리는 몸을 이끌고 대한민국을 대표하여
사드와 맞서 싸우고 있는 최전방

흙 안 밟고 사는 사람들 생각은

어떤지 몰라도 우리는 안다
살면서 어느 때 한 번이라도
꼼지락꼼지락 움직이지 않고
절로 얻은 평온이 있었던가
이제는 죽인다 캐도 겁 안 난다
내가 지킬란다 형님들 새댁이들하고
갈 데까지 가 볼란다 하는 데까지 해보자
주먹을 쥐고 하늘 향해 외친다
투쟁!

유족의 나라 5
저녁들

골목마다 밥 먹으러 들어오라고
제 아이 부르는 목소리가 퍼지는 저녁
아궁이 앞에 앉으면
부지깽이 끝에
두고 온 딸아이가 아른거리는 여자

얼굴이라도 볼 수 있을까
동구 밖까지 가 서성이다가
저를 두고 갔다고 모질게 내팽개칠까봐
시아버지께 전해주고 온 빨간 스웨터
바람 찬 오늘 그 옷을 입었을까

생사조차 알 수 없는
빨갱이의 마누라로 살아가기엔
시시때때로 찾아오는
정보과 형사의 눈이 매섭고
시어른들은 아직 젊은 며느리를
붙잡아두기 미안해하고

>

새 가족의 저녁밥 지을 때마다
따신 밥 한 그릇 해 먹이지 못하는
피붙이 하나를 속으로 부른다

먹이지 못한 밥 한 그릇 같은
안기지 못한 엄마 품 같은
붉은 노을이 피면 자꾸 눈물이 나서
세상 어느 골목에도 서성이지 못하고
서둘러 집 안으로 들어가야 했던
그 숱한 저녁들

유족의 나라 6
수장의 역사

괭이바다에 와서 나는 알았네
수학여행 가던 배가 가라앉고
배에 탄 사람 수백 명쯤 구하지 않은 일이야
눈도 깜짝하지 않을 수 있다는 걸
괭이바다에 와서 알게 되었네

마산 앞바다,
여기 괭이바다에 와 보라
천구백오십년 칠월
적과 싸우기보다
제 국민 죽이는 게 더 급해
의심이란 죄목 하나로
주르르 엮은 채 끌고 와
풍덩 풍덩
밀어 넣고 돌아가며
감쪽같겠지, 쥐도 새도 모르겠지
그리고 나서
하늘 향해 내뿜었을

담배 연기를 떠올려보라

괭이바다에 오면 알 수 있네
매장이든 화장이든 수장이든
거역하는 진실은 닥치는 대로
처리해버린 적 있는 나라에서
자식 대신 진실이라도 구해 보려
벌레처럼 땅을 기며 삼보일배하는 부모
한 달이 넘도록 곡기를 끊은 부모를
빨갱이로 몰아도 이상할 것 없다는 걸

저 푸른 물을 들여다 보고 있노라면
처벌하지 못한 역사 언제고 반복된다는 말
부러 하는 말이 아님을
알아차리지 않을 수 없네

火요일의 연속

비가 오지 않아요 비다운 비가 오지 않아요 무더위가 아니라 불볕더위가 이어지고 있어요 지난 칠월은 기상관측이 시작된 이래 구름의 양이 가장 적은 사막 같은 폭염이래요 구름에 잠시 쉬어갈 그늘이 없어서 나무에 달린 복숭아가 시꺼멓게 타버렸어요 어제 서울은 39.6도였대요 111년만에 최고 더위라고 두바이보다 더 덥다고 난리가 났어요 그런데 왜 이제야 난리죠? 대구가 39도일 때는 덥다고 해도 엄살 같았나요? 1도 2도 더 더운 걸 가지고 뭐 저러나 싶었죠? 겪어봐야 안다는 어른들 말씀이 딱 맞네요 서울에 있는 국회의사당에서는 전기요금 누진제 폐지 법안을 발의한다고 더민주 자한당 바미당 골고루 앞장서는군요 에너지 빈곤층을 위한다지만 진짜 빈곤층은 누진세를 걱정할 에어컨이 없거나 에어컨 실외기 설치를 위해 마음 놓고 뚫을 벽이 없어요 벽 있는 집이 없어요 열대야의 밤에도 돈 걱정 없이 더위로부터 도망칠 피서지가 없어요 선거하러 갈 시간도 없고 누구를 뽑아야 득이 될지 따져볼 여유도 없어요 에너지 빈곤층을 위한다는 누진세 폐지 법안도 결국 표계산이었네요 겪어봐야 알 텐데, 에어

컨 없는 여름을 버티다 버티다 의식을 잃고 실려 온 응급
실을 겪어봐야 알 텐데, 에어컨 없는 국회의사당에서 법을
만들어 봐야 시원한 법이 얼른 만들어질 텐데, 날은 덥고
생각을 하면 할수록 화가 나요

유리구슬은 썩지 않는다

충남 아산시 배방면 뒷터골
일제 시기 파헤친 폐금광이 있던 자리
여기다
광산 입구까지 짚단을 져 날랐던 청년
노인이 되고서야 손가락으로 가리킨 곳
여기다
전쟁통 피난길에 도민증이 없어
산속에 숨어지내던 열네 살 소년
육십칠 년만에 입을 열어 가리킨 곳

엉덩이뼈 척추뼈 갈비뼈를 수습하고
대나무칼로 한 시간쯤 파내자
모습을 드러내는 머리뼈
높은 곳에서 낮은 곳으로
고꾸라진 죽음의 순간을 포착하고

죽음의 원인이었을 탄피들
유해와 함께 나오며 말하고 있다

나를 밀어낸 총구는
카빈 소총 M1 소총이에요
그러니까 나를 밀어낸 총은
인민군의 총이 아니에요

불에 그을린 검은 유해들
목숨이 채 끊기지 않은 이의 신음을
불로 다시 껐음을 시각적으로 증언하고
두개골에 붙어 있다 붓질 한 번에도
툭툭 떨어지는 이빨들
아직 누래지지도 못한 하얀 색으로
앳된 나이를 짐작케 한다

스무 개도 넘게 나온 옥비녀 은비녀 쌍가락지
파면 또 나오고 파면 또 나오는데
어린아이 정강이뼈 아래서 발견된
유리구슬 하나
푸른 눈을 동그랗게 뜨고

육십칠 년 동안 무얼 지켜보고 있었나

증언과 증거가 일치한다
다음 순서는 무엇인가

거북아 거북아

거북아 거북아 머리를 내어라
내어놓지 않으면 구워 먹으리

자꾸 내 등딱지를 두드리며
누군가 노래를 부른다

나는 우두머리가 아니고
겁많고 소심한 거북일 뿐인데
그렇게 움츠리고 살면 안녕하냐고
혼자 안녕하면 좋으냐고
나의 등을 두드리는
소리 따갑다

유족의 나라 7
2014 광주비엔날레 임민욱 작가의 <네이게이션 아이디>를 보고

사람을 죽이는 게 급해서
땅을 파고 파낸 흙을 덮어 묻는 대신
닫아두었던 폐광산 수직굴 뚜껑을 다시 연 나라

총 맞은 몸들이 팔십 미터나 쌓인 채
피와 수분이 빠지고 살이 썩고
마지막 남은 뼈와 뼈가
서로에게 섞여든 지 오십사 년,
드디어 수평굴의 문이 열리고
제 부모를 찾아 들어온 후레쉬 불빛에
눈동자를 잃은 유해의 눈이 부시다
이제는 편히 눈 감을 수 있을까 따라나온 유해들이
언덕 위 컨테이너 안 노란 플라스틱 상자에서 또 십 년
을 보내고
한국전쟁전후민간인피학살자유족이라는
긴 이름밖에 물려준 게 없는 자식의 다리를 빌어
무등산 아래에 와 오월어머니들의 손을 잡는 나라

광주비엔날레 마당에 옮겨진 컨테이너 안에서
입 없는 입으로 외치는 진실이
중얼중얼 가을볕이 되는데
비엔날레 끝나면 또 어디로 가야할까나
무덤 가는 길을 잃은 유해들이
한숨을 내쉬는 나라

어디까지 왔니

봄이 온단다 봄이
봄이 오고 있단다
봄은 어떤 모습일까
봄의 얼굴은 딱 하나는 아닐 것이다
봄의 걸음은 한 발자국도 나아가지 못하는
제자리걸음은 아닐 것이다
봄은 각양각색의 꽃으로 오리
봄은 너울너울 춤으로 오리
봄이 오면 가보지 못한 곳들 춤추며 가리
봄이 오면 지금껏 불러 보지 못한 노래 마음껏 부르리
내 생애 처음 맞는
봄이 온다더니

하마나 하마나
온다던 봄은
얼굴 내비치지 않고
긴급구조요청만 보내온다
지이잉 지이잉

남이 버린 헌 신짝 안에서
우리의 봄은

애정 어린 집착과 사회적 공존의 균형감

정대호 (시인)

1.

　나와 이정연 시인은 시월문학회를 함께하고 있다. 그 모
임에서 발표하는 이 시인의 시들은 언어 구사에 거침이
없다. 마치 겨울의 모진 북풍이 넓은 들을 휘몰아치는 것
도 같고, 높은 산을 힘들다는 말도 없이 눈보라를 뿜으며
넘어서는 것도 같다. 세상에는 시에 대한 다양한 정의定義
들이 있다. 그런데 대부분 시의 범위를 제한하여 시를 구
속하려는 말들이다. 이정연 시인의 시들은 이런 구속들을
다 벗어나서 좋다. 예술이란 이름으로 예술을 구속하는 온

갖 편견을 벗어나 자유로움을 추구하는 것, 그 자체가 예술인지도 모른다. 그 자유로움이 바로 바람직한 시의 정신인지도 모른다.

이정연 시인의 시들을 꼼꼼히 읽어보면 시적 대상에 대한 애정이 강하게 우러난다. 사회나 국가의 부조리에 대해서도 단순하게 그 잘못을 고발하는 것에 머물지 않고 그 속에서 개인이 왜 아파하고 고통스러워하는지 잘 나타내고 있다. 마치 어머니가 아이를 보듬듯이 시적 대상들에 애정을 듬뿍 드러내고 있다. 나아가 그 껴안음은 아이를 자신만의 문제로 안고 있는 것이 아니다. 그것을 드러내어 읽는 사람과 함께 공유한다.

어머니는 열 달 동안 아이를 뱃속에서 길러 세상으로 내보낸다. 그리고 그 아이가 자라는 동안 아이가 사회에 나아가 스스로 자립하여 세상살이를 잘하게 도와준다. 자신의 아이라고 자신의 소유물로 제한하지 아니한다. 시적 대상에 대한 애정 어린 집착과 사회적 공유물로 함께 나누기의 균형감각, 이 시인은 이것을 잘 유지하고 있다. 이 둘 사이의 건강한 긴장감, 이는 아이를 길러본 어머니가 가질 수 있는 마음의 자세라고 할 수 있다.

2.

　자식에 대한 부모의 사랑은 끝이 없다. 그것을 논리로 설명한다는 것은 불가능하다.

　벌써 십육 년이 흘렀구나. 그날 너는 왜 하필 불이 난 줄 모르고 중앙로역에 진입한 1080호 지하철을 탔을까. 네가 다니던 임용 고사 학원은 왜 하필 중앙로역 근처였을까. 일이 바빠 졸업식 한번 못 간 것도 후회되고 사랑하면서도 사랑한다는 말 한 번 하지 못한 것도 후회돼.
　시집갈 때 주려고 옹알이할 때부터 녹음해 둔 네 목소리 듣고 또 들어. 네가 다 썼다고 버린 일기장들 내가 모아 놓고 있었어. 그 일기장들 엮어 네 이름으로 책도 냈어.

　어느 비 오는 해 질 녘, 비를 맞고 날아가는 나비를 보고 네가 말했잖아. 아빠 나비 집을 지어요. 나비 집이 어떻게 생겼는지 몰랐던 나는, 그래 꽃밭을 만들자 얼버무렸지.
　　　　　　　　　　　　　　　　　　　　　─「나비 집」부분

　이 시는 2003년 대구 지하철 화재 참사로 딸을 잃은 윤 근 씨의 이야기를 듣고 쓴 것이다. 사랑하는 딸을 잃고 난 뒤, 그 딸에 대한 사랑이 더욱 깊어 감을 잘 볼 수 있다. 아버지는 자식이 그의 세상이고 우주였다는 것을 비로소 인식한다. 그의 삶은 16년 전 그 자리에 멈추어 있다. 그리고 다시는 그런 참사가 일어나지 않는 세상을 만들기 위해 노력한다. 그것이 먼저 떠난 딸에게 자랑스러운 아빠가 되는 길이라고 생각하면서.

미치 앨봄의 『모리와 함께한 화요일』이라는 책에 보면 이런 말이 있다. 자식을 낳아서 길러본다는 것은 세상을 살면서 특수한 경험을 하는 것. 사람들이 세상을 살면서 대가 없는 헌신과 희생을 경험할 기회는 거의 없다. 그러나 자식들을 키우면서 바치는 헌신과 희생에 대해서는 어느 누구도 그 대가를 기대하지 않는다. 이것은 사람이 세상에 태어나서 할 수 있는 가장 고귀한 체험인지도 모른다. 이보다 더 큰 수행은 없으리라. 그래서 자식은 부모에게 가장 고귀한 존재인지도 모른다.

십사 년 전 파티마 산부인과에서
저와 나 사이 연결돼 있던 탯줄을 잘랐지만
자유방임형 엄마인 나 역시
산부인과 가위로는 어찌지 못하는
탯줄 한 가닥 움켜쥐고 있었구나
내가 바라는 내 아들의 모습에서
조금씩 벗어나는 모습이 낯설어 야단을 치면

맞받아 자기 할 말 다하는
여전히 나와 똑같은 이 아이가
엄마품보다 훨씬 넓어
나는 이제 가늠도 되지 않는
두근두근거리는 자신의 길을 따라
집을 나선다

철컥,
엄마는 절대 먼저 자르지 못하는
투명 탯줄을 자르고

—「탯줄」부분

　이 시인은 자식을 어떻게 키워야 하는지를 잘 알고 있다. 마냥 품 안에 가두어 두고 싶지만 그렇게 해서는 안 되는 것이 또한 자식이다. 자식은 자라서 장차 그의 세상을 살아가야 한다. 어머니의 역할은 그가 독립한 생명체로서 살아가는 것을 도와주는 것이다.

3.

　이정연 시인은 교사다. 그의 시에는 학교와 학생들 이야

기가 많다. 학생들에게 학교는 무엇일까. 학교에서 학생들
은 무엇일까. 학생들에게 선생은 무엇일까. 이 시인의 시
에는 이런 문제제기들이 많다.

> 전학 온 지 한 달이 안 됐는데 세 번째 가출을 하고
> 부모한테 붙잡혀 온 아이
> 이 학교는 재미없다고
> 다니던 학교로 보내달란다
> 전학 온 첫날 아프다고 조퇴한 후
> 새로 사귄 친구랑 담배 한 대 나눠 폈는데
> 어느새 학생부 선생 귀에 들어가 선도위원회 열자는
> 믿을 놈 하나 없고 봐주는 것도 없는
> 답답한 학교란다
>
> ─「돌아와라」 부분

　학교에 가는 것이 학생들이 도달해야 하는 목표는 아니
다. 이것은 대학도 마찬가지다. 모든 학교 교육은 학생들
이 바람직한 사회인이 되기 위해 거쳐 가는 과정을 도와
주어야 한다. 학교는 그 과정의 하나다. 그 과정에서 교과
서 공부도 조금 하고, 사회성도 조금 익히고, 때로는 고뇌
하고 방황하면서 자신의 자아를 찾아가는, 일상의 일탈과
회귀가 이루어지는 곳이 학교 아닐까. 현재 우리나라 학교

는 학생들이 자아를 찾기 위한 고뇌와 방황을 얼마나 이해할 수 있는 곳인가. 선생들은 이런 문제를 긍정적으로 이해할 수 있는 마음 자세를 가지고 있을까. 학교와 선생과 학생은 공존할 수 있는가. 이런 점들에서 현재의 학교 제도에 대한 성찰이 필요하다.

가출도 해보고, 거짓말하고 조퇴도 해보고, 어른들 몰래 담배도 피워보고, 친구들과 싸움도 해보고, 사과도 해보고, 이런 것들이 성장하면서 겪는 과정이라고 이해할 수는 없을까. 우리 사회는 학생들의 성장 과정을 인격의 결과로 규정해 버리고 있지는 않은가.

이런 이야기가 있다. 비구니 스님과 수녀님과 아이를 서넛 기르고 있는 어머니가 함께 길을 가다가 길에서 심하게 다쳐 고통스러워하는 아이를 만났을 때 누가 그 아이를 가장 잘 돌봐줄 수 있을까, 하는. 이에 대한 답은 아이를 길러본 어머니라는 것이다. 스님도 수녀님도, 인간이란 무엇인가, 어떻게 살아야 하는가, 자비와 사랑이 무엇인가를 늘 생각한다. 하지만 그것은 어쩌면 관념에 불과한지도 모른다. 앞선 세대들이 정리해 둔 것을 관념으로 머릿속에 저장해 두었을지도 모른다. 아이가 아프면 얼러주고 업어주며 밤을 새우는 어머니. 열이 나면 밤 새워 물수건으로 닦아주었던 어머니. 이렇게 체험으로 삶이 무엇인지 터득해 가는 어머니의 깨달음이 인생에서 더 깊은 수행인지도 모른다.

> 요즘도 이렇게 말하는 엄마가 있을까
> 구십 점이 넘었는데도 왜 백 점 못 맞았냐고
> 어쩌다 백 점 맞으면 너희 반에 백 점 몇 명이냐고
> 닦달하는 엄마의 욕심만큼
> 영어 수학 평균이 자꾸 올라가서
> 어떤 점수로도 안심이 안 되는 엄마는
> 투명펜으로 적힌 너희들의 행복 점수가
> 얼마나 형편없는지 읽어내지 못하기에
>
> —「먼저 인간이 되어라」 부분

아직도 아이들을 이렇게 닦달하는 엄마들이 있다는 사실이 가슴 아프다. 이렇게 아이들을 기르면 아이들의 장래가 더 좋아질까.

학교에서 배우는 교과서 내용의 수준이 어느 정도일까. 교과서의 내용을 짤 때 그 또래 나이의 보통의 학생들이 약간 노력하면 이해할 수 있는 정도로 한다. 보통의 아이들이 노력하여 성취감을 느끼는 정도다. 이 내용을 반복적으로 공부하여 좋은 점수를 얻는 학생들이 다음 단계로 진학하면 어려움에 봉착하는 경우가 많다. 그가 학원에 다니면서 올려놓은 점수들이 다음 단계에는 하찮은 것이 된

다. 우리가 공부하여야 할 것들은 세상에 많은데 학교에서 배우는 것은 적다. 정상적으로 학교 공부를 하는 학생들이라면 그 이상의 지적 욕구를 학생 개개인이 독서나 동아리 활동 등 다른 것을 통해 해결해야 한다. 가령 중학교 때 학교성적이 우수한 학생이 독서량이 적으면 고등학교에 진학하여 성적이 좋지 못한 경우가 많다. 그는 그 또래 학생들의 지적 능력을 갖추지 못했기 때문이다.

학교 교과서는 그 범위가 매우 좁고 깊이가 얕다. 학교 교과서의 내용에 자식들의 지적 능력을 묶어둔다는 것은 자식의 장래를 위해 바람직하지 않다. 국가의 미래를 위해서도 바람직하지 않다. 우리나라는 입시라는 교육제도를 가진 나라다. 고등학교 입시가 있으면 중학교 저학년부터 입시준비에 들어가고, 대학입시가 있으면 고등학교 저학년부터 입시준비에 들어간다. 그러면 유감스럽게도 이것이 아이들을 공부하지 못하게 한다. 학생들을 지식의 하향평준화에 묶어둔다. 지적 호기심이 왕성한 학생들은 더 많은 것을 알려고 입시와 상관없는 책들을 보고 싶어 한다. 이렇게 하면 입시가 학생의 목표인 양 생각하는 엄마들은 아이가 공부하지 않는다고 책을 빼앗아 버린다. 학교 교과서라는 좁은 내용에 아이들의 지적 능력을 묶어버린다. 같은 내용을 학생들이 몇 년씩 되풀이하여 공부하게 강요한다. 지식의 정체현상이다. 인생에서 가장 중요한 시기에 국가가 제도적으로 아이들이 공부할 범위를 묶어 버린 셈이다.

여기에 학교교육은 학생들의 창의성과 능동성을 빼앗아 버린다. 교과서를 정해 놓고 교과서에서 제시한 것을 익혀서 그대로 대답할 것을 요구한다. 다양한 생각들을 마비시키고 순응적인 인재들만 양성한다.

2014년 4월 16일
병풍도 옆을 지나는 세월호에 탄 인솔교사였다면
어떻게 했을까

우리는 대체로 돌아오지 못했을 것이다
대구에 사는 우리는
배에 대해서도 바다에 대해서도
아는 게 없어서
시키는 대로 그냥
가만히 있으라고 했을 것이다
(중략)
그러다 마지막이 다가왔을 때
미안해, 얘들아
내가 잘못했어
사과하고 용서를 빌 여유가 있었을까

선생님, 왜 그랬어요

선생님 때문에 이렇게 됐잖아요

아이들은 나를 원망했을까

괜찮아요, 선생님

선생님도 우리랑 같이 있잖아요

저희가 오히려 나를 위로하지는 않았을까

—「하늘 학교에서 나는」 부분

이 시에서는 현재 우리나라 국가와 학교와 교사와 학생들의 관계를 잘 보여주고 있다. 그것이 얼마나 잘못되었는지도 잘 보여주고 있다. 국가는 나라 전체의 학생들의 교육 방향을 설정한다. 학교와 선생님들이 학교에서 아이들에게 무엇을 어떻게 가르쳐야 하는지 교과서를 통해서 규정한다. 그리고 이것을 입시라는 국가적 체계에서 점검한다.

이렇게 순응적으로 교육받은 학생들이, 환경이 다른 사회에서 능동적으로 적용할 수 있을까. 자신이 무엇을 잘할 수 있고 무엇을 하고 싶은지 생각해 보았을까. 이 학생들이 가출해서 고민한 학생들보다 사회에서 더 잘살아 간다고 말할 수 있을까.

이정연 시인은 이 시에서 선생으로서의 역할에 대한 반성적 성찰을 제기하고 있다.

4.

국가란 무엇일까. 개인을 길들이고 억압하는 조직일까. 심지어는 개인의 생명까지도 이유 없이 빼앗을 수 있는 권리가 있는 것일까. 개인과 국가는 어떤 관계일까. 이 문제는 나라가 처음 생기면서 지금까지 고민하고 있는 것이 아닐까. 나라의 주인은 누구인가. 옛날에는 왕이라고 했다. 그 왕들은 국토와 백성들을 자신의 소유물이라고 생각했다. 백성들은 왕의 말에 복종했다. 그 시대에도 왕의 통치행위가 아주 부당하다고 생각하면, 맹자 같은 사람은 백성들이 왕을 갈아치울 수 있다고 생각했다. 그는 백성은 군주의 하늘이라고 했다. 하늘의 뜻을 어길 때 백성들이 군주를 갈아치울 수 있다고 주장했다.

그러면 오늘날 민주주의 시대에 나라의 주인은 누구인가. 바로 국민들이다. 개개인 하나하나가 주인이다. 한 민족이 힘이 없어서 다른 나라의 지배를 받으면 노예상태가 된다. 그들에게는 주인으로서 권리가 없다. 우리는 일제 식민지 기간 동안 이것을 경험했다. 우리 민족도 스스로 주인으로서 살기 위해서는 나라가 있어야 한다는 것을 알았다. 그래서 나라를 세우기 위해 많은 사람들이 피를 흘리고 죽어갔다. 1945년 8월 15일 일본이 패망한 후 우리는 나라의 주인이 될 줄 알았다. 우리 손으로 나라를 세울 수 있다고 생각했다. 그러나 남과 북에 진주한 미국과 소련이라는 두 외세는 이것을 허용하지 않았다. 각각 자신들에게 순종하는 꼭두각시 권력을 세우려고 했다.

> 여름이면 매일같이 형사들이 와서
> 살평상에 드러누워 있었어요
> 이북으로 넘어간 간첩이 언제 올지 모른다고
> 동네에 소문을 내 놓으니
> 아무도 우리 집을 들여다 볼 수 없었어요
>
> 엄마는 경찰서에 노다지 불려다녔는데
> 호출이 떨어지면 반미치광이가 됐어요
> 허겁지겁 헌 무명옷을 꺼내입고
> 머리를 풀어헤치고
> 솥밑에 숯검뎅을 얼굴에 묻혔어요
> 여학교도 나온 사람이었지만
> 경찰한테 하도 시달려서
> 평생 경찰서 앞을 못 지나갔어요
>
> ─「유족의 나라 4」 부분

국가가 조직적으로 국민들을 억압한 시대가 있었다. 그것도 비인간적인 법으로. 해방 후 우리 손으로 우리가 원

하는 나라를 만들겠다는 사람들이 있었다. 외세에 의해 세워진 국가권력의 입장에서 그 사람들은 매우 못마땅한 존재였을 것이다. 국가권력을 쥔 이들은 자신들에게 동조하지 않는 사람들을 조직적으로 억압했다. 외국군대에 의지한 국가권력이 그들의 편에 서지 않는 사람들을 조직적으로 탄압한 것이다. 비인간적인 연좌제까지 만들어서.

이 시 화자의 아버지는 집으로 돌아오지 않는다. 아니 돌아올 수 없는지도 모른다. 경찰은 아버지가 월북했다고 단정한다. 이것만으로도 화자와 어머니는 감시당하고 탄압받는 대상이 된다. 특히 어머니는 아무 잘못도 이유도 없이 경찰서에 불려 다니고 경찰들에게 시달린다.

마산 앞바다,
여기 괭이바다에 와 보라
천구백오십년 칠월
적과 싸우기보다
제 국민 죽이는 게 더 급해
의심이란 죄목 하나로
주르르 엮은 채 끌고 와
풍덩 풍덩
밀어 넣고 돌아가며
감쪽같겠지, 쥐도 새도 모르겠지

충남 아산시 배방면 뒷터골

일제 시기 파헤친 폐금광이 있던 자리

(중략)

불에 그을린 검은 유해들

목숨이 채 끊기지 않은 이의 신음을

불로 다시 껐음을 시각적으로 증언하고

두개골에 붙어 있다 붓질 한 번에도

툭툭 떨어지는 이빨들

아직 누래지지도 못한 하얀 색으로

앳된 나이를 짐작케 한다

스무 개도 넘게 나온 옥비녀 은비녀 쌍가락지

파면 또 나오고 파면 또 나오는데

어린아이 정강이뼈 아래서 발견된

유리구슬 하나

푸른 눈을 동그랗게 뜨고

육십칠 년 동안 무얼 지켜보고 있었나

─「유리구슬은 썩지 않는다」 부분

6·25를 전후한 민간인 학살을 다룬 시를 인용해 보았

다. 첫 번째 시는 마산 앞바다 괭이바다에서 민간인들을
수장한 내용을 다루고 있다. 두 번째 시는 충남 아산시 배
방면에 있는 폐광산에서 민간인들을 학살한 사건을 다루
고 있다. 국가가 조직적으로 국민들을 학살한 것이다. 제
나라 국민을 학살하는 국가는 존재가치가 없다. 국민들에
게 어느 날 "내가 곧 국가"라고 하면서 "내게 복종하라, 그
러지 않으면 다 죽이겠다" 겁박하는 정부나 권력자가 나
타난다면 국민들은 그런 국가에 복종해야 하는가. 나라다
운 나라라고 한다면, 최소한 국가 조직이 그 조직에 반대
하든 찬성하든 백성들의 생명을 지켜주어야 할 의무가 있
는 것은 아닐까.

> 광주비엔날레 마당에 옮겨진 컨테이너 안에서
> 입 없는 입으로 외치는 진실이
> 중얼중얼 가을볕이 되는데
> 비엔날레 끝나면 또 어디로 가야할까나
> 무덤 가는 길을 잃은 유해들이
> 한숨을 내쉬는 나라
>
> ─「유족의 나라 7」 부분

이 시는 민간인 학살을 당한 경산 코발트 광산 유골들의
이야기다. 최근 경산 코발트 광산의 유골이 일부 수습되었

다. 그러나 그 후 아직까지 그 유골들을 안장하지 못하고 있다. 현재 우리는 과거 국가라는 조직이 잘못한 것들을 제대로 수습하지 못하고 있다. 과거 국가 조직이 학살한 것을 현재의 국가가 어떻게 해야 하는지 해법을 찾아내지 못하고 있다. 이 시는 현재의 우리 세대가 과거의 잘못에 대해 어떻게 반성해야 하는지 묻고 답을 재촉하고 있다. 당당하지 못한 과거의 역사를 가진 우리가 현재를 당당하게 살아가려면 어떻게 해야 하는 것일까.

지나간 역사를 왜 공부해야 하는지, 어떻게 공부해야 하는지에 대한 화두를 던져주는 이정연 시인의 시를 다시 읽으면서 이 글을 마무리하기로 한다.

우리는 왜 먼 곳의 학살만 기억하는가
아우슈비츠라는 말만 들어도
가스실 굴뚝에서 나오는 연기 냄새가 나는 것 같고
몸부림치며 벽을 긁은 손톱자국이 보이는 듯한데
경대병원으로 병문안 가던 삼덕동 어느 골목이나
여름 원피스 사러 현대백화점 가던 반월당 어디쯤에서
1946년 10월, 쌀을 달라 친일경찰 처단하라고 외치던
군중의 무리 속 누군가와 내 발자국이 똑같이 포개졌을지 모르고
그 발자국의 주인이 멀지도 않은 가창골에서 학살되어

가창댐 아름다운 수변공원 아래 수장되어 있는데
우리는 왜 먼 곳의 학살만 기억하는가

　　　　　　　　　　　—「우리가 만든 세상」부분

시인의 말

마흔넷에 첫 시집을 낸다.
열일곱 살부터 남몰래 품어온 시인이란 꿈,
장하고 뿌듯해서 벅차오를 줄 알았다.
막상 닥치고 보니
비상금 다 털린 듯 허전하고
속살 내보인 듯 부끄럽다.
그리고 막막하다.
어설픈 다짐도 못 하겠고
또 어떻게 살아야 하나 막막하다.

이정연 시집

유리구슬은 썩지 않는다

초판 1쇄 발행 2019년 9월 4일
초판 2쇄 발행 2021년 2월 1일

지은이 이정연
펴낸이 오은지
책임편집 변홍철
펴낸곳 도서출판 한티재 등록 2010년 4월 12일 제2010-000010호
주소 42087 대구시 수성구 달구벌대로 492길 15
전화 053-743-8368 팩스 053-743-8367
전자우편 hantibooks@gmail.com 블로그 www.hantibooks.com

ⓒ 이정연 2019
ISBN 979-11-90178-11-2 03810

이 도서의 국립중앙도서관 출판예정도서목록(CIP)은 서지정보유통지원시스템 홈페이
지(http://seoji.nl.go.kr)와 국가자료공동목록시스템(http://www.nl.go.kr/kolisnet)
에서 이용하실 수 있습니다. (CIP제어번호: CIP2019032874)